KB099507

-초등.중등 3주 완성-

문해력 수업

-초등.중등 3주 완성-

문해력 수업

‘책 읽기를 싫어 하는 아이’

‘책을 읽어도 내용을 잘 모르겠다는 아이’

책을 스스로 알아서 읽고

창의적 사고와 추론력으로

책의 내용을 깊이 있게 이해한다면...

21일 문해력 수업으로 가능합니다!

초.중등 과정에서 읽기는

서술형 평가와 학교공부에 반드시 필요합니다!

'3주 완성 문해력 수업'

아이의 미래를 바꿔주세요!

정유진

동국대 문화예술대학원을 졸업하고,

한국학습습관 연구소를 운영하며 아이들의 공부법을

연구하고 있다.

학생들의 학습 습관의 코칭과 강의도 진행하고 있다.

초, 중, 고 아이들의 학습습관을 1:1 맞춤 컨설팅을 해주고

문해력 수업도 진행하고 있다.

자기주도학습코치상담사, 독서지도사, 스피치지도사,

심리상담사, 미술심리상담지도사, 아동미술지도사

등 자격증을 갖고 학습전문가로 활동하고 있다.

들어가며

지난해 문해력 향상법을 출간하며, 아이들의 문해력 실천서가 되기를 기대하며 출간했습니다.

문해력을 높일 수 있는 시기는 유아 시기와 초. 중등 시기가 매우 중요하기 때문에 해당 시기별 어떠한 방법을 문해력을 향상시킬 수 있는지를 구체적으로 기술한 책입니다.

이번 문해력 수업은 문해력을 향상시키기 위한 21일간

의 문해력 수업 책입니다.

문해력이 우리 아이들에게 반드시 필요하고, 초등시기와 중등 시기가 중요하다는 것을 알아도 어떻게 아이들의 문해력을 향상시킬지는 항상 의문으로 남았습니다. 때문에 어머님들과 상담을 하게 되면 가정에서 쉽게 아이들의 문해력을 높일 수 있는 방법을 문의하시는 경우가 많았습니다.

문해력 수업은 21일 동안의 문해력 수업으로 단기간에 아이들의 문해력을 향상 시키기 위해 한국학습 습관 연구소에서 연구하고 개발한 21일간의 문해력 수업에 대한 책입니다.

이 책이 의미 있는 것은 가정에서 쉽게 학부모님과 학습자가 진행할 수 있도록 구성되어 있고, 수업 준비물도 별도로 구매하지 않고 활용할 수 있도록 교과서나 동화책 또는 교과서에 수록된 현대문학 단편 정도 준비하면 충분히 진행 가능하도록 구성했기 때문입니다.

한번 잡힌 습관이 평생을 좌우한다는 말이 있습니다. 습관을 만들기는 어렵지만 한번 만든 습관은 그 사람의 미래를 가늠할 만큼 중요하다는 얘기입니다.

맥스웰 몰츠 의학박사는 자신의 저서 『성공의 법칙』 이란 책에서 습관을 만들기 위해서는 21일간의 반복적인 훈련과정이 필요하다고 했습니다. 그 시간 동안의 반복적인 행동과 패턴이 습관을 만들어 새로운 습관으로 자리잡을 수 있다고 한 것입니다.

이 책 역시도 습관을 만들 수 있도록 21일간의 문해력 수업으로 구성하였습니다.

초등과정과 중등과정을 각각 나누어 진행할 수 있도록 구성했습니다. 21일 3주 과정을 주차별로 세분화하여 가장 효과적이고 효율적으로 학습자와 학부모가 성취감을 느낄 수 있도록 구성하였습니다.

진행하면서 어려움이 있을 수도 있고, 또는 전문가를 통해 과정을 진행해도 좋을 수 있지만, 학습자와 학부모님이 서로의 역할을 충실히 해내면 그 성취감은 말로 표현할 수 없을 만큼 큰 만족감을 주리라 확신합니다.

교육업계에서 17년 이상 상담과 강의를 하면서 가장 큰 보람은 학습자에 맞는 맞춤형 교육으로 학생의 마인드가 바뀌고 학업 성취도가 바뀔 때 교육을 진행하는 입장에서 가장 큰 보람을 느끼게 되는 거 같습니다.

이 책이 우리 부모님과 학습자에게 그런 의미 있고 보람된 시간으로 자리 잡기를 기대해 봅니다.

그리고 마지막으로 항상 제가 하는 모든 일에 격려와 칭찬을 아끼지 않고 늘 힘을 실어주는 사랑하는 가족들에게 감사함을 전합니다. 늘 뒤에서 아낌없는 응원과 격려로 조금씩 성장해 나가고 있다고 생각합니다. 감사합니다.

늘 사랑하는 학생들의 자랑스러운 미래를 기대하며…

2022년 1월 연구실에서

c o n t e n t s

c o n t e n t s

책 읽기를 싫어하는 학생
책을 읽어도 내용을 잘 모르겠다는 학생

초등 문해력 수업

21일만에 문해력이 달라집니다!

1. 초등 문해력의 이해 및 문해력 수업

초등과정에서 문해력(文解力)이란? 글을 읽고 이해하는 능력입니다. 초등과정에서 전 과목 교과서를 제대로 정독하고, 교과서의 내용을 이해할 수 있으면 초등 과정의 학습은 무리 없이 진행이 가능합니다.

초등 과정에서 학생들이 학교 공부를 어려워하는 경우, 학생의 현재 문해력을 확인해 볼 필요가 있습니다. 성인의 경우에도 책을 읽어도 내용을 제대로 이해하지 못한다면 자신의 문해력을 확인해 보는 것이 좋습니다.

초등과정에는 문해력이 중요한 까닭에 전 학년에서 학습자에게 맞는 맞춤형 문해력 향상법이 필요합니다.

문해력 수업이란 문해력을 높일 수 있는 학습 프로그램을 통해 아이들이 최단기 문해력을 높이고 효율적으로 학습에 참여할 수 있도록 진행하는 프로그램으로 한국학습 습관 연구소에서 개발한 프로그램입니다.

2. 학습자의 문해력 진단

문해력을 진단하기 위해서는 글을 제대로 읽고 이해하는지 확인이 필요합니다. 문해력은 진단은 학습자의 나이와 연령대가 이해할 수 있는 어휘력을 기준으로 글을 제시하고 그 본문에 대한 이해력을 묻는 국어 과목 출제 문제로 이해하면 좋습니다.

학습 전문기관을 통해 진단을 해보는 것도 좋고, 가정에서 직접 문해력을 테스트하고자 하다면 학습자가 공부하는 학년의 국어 모의고사 본문이 들어있는 문제를 집중해서 풀도록 하고 출제된 문제는 본문에서 답을 찾거나, 유추해서 답을 찾는 유형의 문제가 좋습니다.

문제를 풀면서 전혀 감을 못 잡거나, 문제를 제대로 이해하지 못한다면, 학습자의 빠른 문해력 향상을 위해 본 문해력 수업을 21일간 실천해 보기를 권유합니다. 점수가 상위권인 경우에도 창의력과 추론력을 향상시키는 문해력 수업으로 21일간 실천을 통해 습관이 형성될 수 있습니다. 단, 문해력 수업 시 책을 선정할 때 난이도 높은 책을 선정하여 학습자에 수준에 맞게 진행할 것을 권유합니다.

3. 문해력 발달의 저해요소

진행하기 앞서 아이들의 문해력 발달에 저해 요소가 있습니다. 학습자의 문해력을 저해하는 요소는 학습자의 부족한 어휘력과 추론적 사고가 발달하지 않은 경우에 읽고 해석하는 힘이 부족할 수 있습니다. 또한 추론적 사고로 문제를 풀 수 있는 사고력의 확장이 부족한 경우도 글을 읽고 해석하여 문제를 푸는 해결력이 부족으로 문제를 제대로 풀지 못하는 경우도 있습니다.

학습자가 학교에서 제대로 발표를 못하거나, 글을 자신 있게 쓰지 못하는 경우, 학부모 상담을 해보면 가정에서 학습자가 다양한 이유로 심리적으로 위축된 경우 자신의 생각을 제대로 표현하지 못하고 본인이 생각하는 바가 있어도 제대로 말로 표현하지 못하는 경우도 있습니다.

문해력은 자신이 어휘력과 이해력을 믿고 문장을 정확하게 해독해 내야 하는데, 자신이 알고 있는 어휘력이나, 문장력에 평소 긍정적인 피드백 받지 못한 경우, 이미 갖고 있는 실력도 발휘할 수 없게 됩니다.

문해력 수업을 진행함에 있어 부모님들의 적극적인 지지는 반드시 동반되어야 합니다. '학습자의 성장을 위해서는 실수를 통해 배워 나가고 또한 실수를 통해 인생을 배워 나간다는 깨달음을 학습자에게 느끼게 해주는 것이야말로 아이의 더 큰 성장을 가져올 수 있다.'는 믿음으로 과정에 충실한 수업이 좋은 결과를 갖고 옵니다.

아이들이 처음 수업을 할 때 서툴거나, 제대로 못하는 경우가 있을 수 있지만, 보호자는 기다려주는 자세가 필요합니다. 아이가 준비될 때까지 천천히 기다려주고, 아이들의 실수에 집중하지 말고 아이들이 잘하는 부분과 가능성이 느껴지는 부분에 칭찬과 격려를 아끼지 않고 긍정적인 피드백으로 아이의 성장을 지지해 주기를 바랍니다.

4. 21일 문해력 수업 프로그램 개요

문해력 21일간의 수업을 시작합니다.

전체적인 프로그램은 주 단위로 변경이 되어 3주간 진행될 예정이고, 매일 같은 시간, 같은 장소에서 진행하면 학습자의 습관도 만들 수 있어서 좋습니다.

✠ 1주 차 준비물 – 교과서

✠ 2주 차 준비물 – 교과서

✠ 3주 차 준비물 – 읽을 책, 독서록

진행 시간은 학습자의 성향에 따라 최소 시간에서 최대 시간을 고려하여 시간을 배정하여 진행하면 됩니다.

✠ 1주 15분 ~ 최대 30분

✠ 2주 30분 ~ 최대 45분

✠ 3주 30분 ~ 최대 60분

5. 1단계-기초과정수업

1주 차 수업 1일차 - 1단계 [읽기 훈련]

1주 차 첫 번째 수업은 문해력을 향상시키는데, 매우 중요한 기초 훈련입니다. 어떤 스포츠든 기초체력이 확보되어야 가능합니다. 농구선수가 농구를 잘 하기 위해 매일 공을 넣는 연습을 한다고 가정해 봅시다. 농구 경기를 위해서는 농구장을 마구 뛰어다니면서 몸싸움을 하며 경기를 해야 하는데, 기초 체력 없이 기술력만 갖고 경기 참여는 불가능한 일이 될 것입니다.

문해력 향상을 위한 수업을 위해서 책상 앞에 앉아 있는 훈련은 사전에 달성되어 있어야 합니다. 책상 앞에 10분~30분 정도 앉아 있는 기초체력은 필요합니다.

만약 학습자가 책상 앞에 위 시간을 앉아 있기를 힘들어하는 경우면 문해력 수업 전에 책상 앞에 앉아 공부할 수 있는 습관을 먼저 만들어 최소의 기초체력은 확보해 두는 것이 필요합니다.

읽기 훈련은 문해력 수업의 가장 기초 과정입니다. 정확하게 문장을 읽을 수 있어야 내용도 정확하게 이해할 수 있습니다.

■ 과제 1. 국어 교과서 1 페이지 읽기

과제 1을 수행할 때는 학습자가 좋아하는 과목의 교과서를 선정해야 합니다. 학부모가 공부시키고자 하는 교과를 준비하면 안 됩니다. 이 단계에서 학부모들의 가장 많이 하는 질문은 '교과서를 학교에 두고 다닌다' 겁니다. 교과서는 구매가 가능하니, 해당 학년의 과목별 교과서는 아이의 책상 앞에 마련해 주는 것이 초등공부에서는 매우 중요합니다.

과제 1의 수행 방법은 책상 앞에 앉아서 교과서를 소리 내어 읽도록 합니다. 속으로 읽거나, 눈으로 읽어 나가면 안 됩니다. 눈으로 읽을 경우 속도도 빠르고 집중이 되는 것처럼 보이지만, 실제 정확한 내용을 이해하지 못합니다. 시각적인 자극으로 뇌에는 빠른 반응으로 죽 훑어보는 것입니다.

문해력 향상을 위해서 텍스트로 훈련할 때는 교과서를 소리 내어 읽는 것이 효과적인 방법입니다. 1단계 수업은 편하게 교과서를 소리 내어 2번에서 3번 정도 같은 내용을 반복하여 읽도록 합니다.

원하는 페이지를 잘 읽었을 경우, 다음 페이지 또는 본인이 읽고 싶은 페이지로 이동하여 소리 내어 읽기를 수업 시간만큼 진행하면 됩니다.

■ 1단계 수업 후 - 학부모 피드백

1단계 학습자가 교과서를 읽은 후 학부님들은 무척 놀랄 수 있습니다. '우리 아이 목소리가 왜 저렇게 작을까?', '왜 문장을 제대로 읽지 못하고, 발음도 정확하게 발음하지 못하는 것일까?' 등 생각이 떠오를 수 있습니다.

피드백은 "우리 OO 이 생각보다 교과서를 참 잘 읽네. 와…엄마가 들어 보니까 목소리도 참(우렁차서, 차분해서, 천천히 정확하게 발음해서 등등 아이의 읽기에서 나타난 구체적인 특징)으로 긍정적인 피드백이 필요합니다. 학습자가 이 수업을 계속 성취감을 느끼면서 참여할 수 있도록 긍정적인 피드백을 줘야 합니다.

1단계 수업은 아이에게 잘 하고 있는 부분에 초점을 맞추고 긍정적인 피드백을 하여 학습자가 마음을 열고 21일 수업을 제대로 진행할 수 있도록 해야 합니다.

※1주 차 목표는 학습자의 가능성을 칭찬해 주고 아이를 격려해 주는 것이 목표입니다.

6. 1단계-기초과정 수업

1단계-기초과정 수업 [2일차~7일차] - 교과서 끊어 읽기

2일차부터 7일차까지 진행해야 하는 프로그램입니다. 교과서를 끊어 읽는 단계다. 학습자가 문장을 이해하기 위해서는 문장을 제대로 끊어 일을 수 있어야 합니다.

끊어 읽는 방법은 주어에서 한번 끊고, 쉼표가 있거나 의미상 끊어야 하는 부분에서 끊어 읽으면 됩니다. 스피치 학원에서 아나운서처럼 끊어 읽으려면 정확한 발음 연습과 함께 내용을 이해하고, 주어와 서술어를 찾고 장음과 단음을 찾아 끊어 읽겠지만, 문해력 향상 수업에서 끊어 읽기는 위처럼 주어와 쉼표, 의미상 끊어야 하는 부분에서 끊어 읽어야 의미 파악을 쉽게 할 수 있습니다.

1. 교과서를 준비합니다.

2. 책에 연필로 끊어 읽는 구간을 표시합니다.

3. 끊어 읽기 구간이 표시된 페이지를 3번에서 4번 반복하여 읽습니다.

* 끊어 읽기 구간 표시하는 방법

예시 문장 : 우리 가족은/ 할아버지 할머니와 함께/ 제주도로 여행을 갔습니다.

■ 학부모 피드백

학습자의 읽는 소리를 들으면 처음보다 잘 읽는 모습에 대견해 보일 것입니다. 처음보다 훨씬 잘 읽을 것입니다. 이 훈련에서는 처음보다 나아진 부분을 칭찬해 줍니다.

"처음보다 소리에 자신감이 느껴져서 정말 좋다." "우리 OO이 끊어 읽으니까, 아나운서 같네…" 등으로 아이의 기를 살려주고, 읽기에 집중하도록 해주는 것이 포인트입니다.

이렇게 교과서를 3~4번 반복하여 끊어 읽도록 합니다. 정해진 훈련시간 동안 교과서의 다른 페이지도 동일한 방법으로 반복하여 읽도록 하고, 긍정적인 피드백으로 마무리하여 6일간 같은 시간, 같은 장소에서 수업을 진행하도록 합니다.

★ 교과서의 선정은 학습자가 좋아하는 과목으로 진행하는 것이 효과적입니다.

7. 1단계 - 기본과정 수업

2주 차 수업 - 읽고 요약하기

✠ 2주 차 수업은 소리 내어 읽고 읽은 페이지의 내용을 요약하여 말하는 것이 목표입니다.

2주 차 첫 날에는 내용을 요약하기 어려워할 수 있으니, 읽은 내용의 주제 문장을 찾도록 해도 좋습니다.

2주 차 수업 시작하기

이제 학습자의 문해력을 1차로 확인해 보는 단계입니다. 아이에게 읽은 내용이 어떤 내용인지 질문하고 요약하도록 합니다.

학습자가 내용에 대한 줄줄 이야기하면 좋겠지만, 처음부터 내용을 정확하게 이야기하는 경우는 거의 없습니다. 아이가 대답을 하지 못하고, 망설이면 "조금 전에 교과서에서 읽은 내용 중에서 주제 문장을 찾아서 읽어볼래?" 하면 아이가 생각한 주제 문장을 읽을 것입니다. 그럼 다시 "그 문장은 어떤 뜻이야?" 그럼 문장의 의미를 아이가 대답하면 학부모는 "아, 그 의미였구나."라고 호응해 줍니다.

수업의 핵심은 아이가 내용을 요약하는데, 있습니다. 내용 요약은 생각처럼 쉽지 않습니다. 학습자가 내용을 정확하게 이야기하지 않더라도 주제문을 찾는 것은 내용을 파악하는데 큰 도움이 되므로 주제 문장을 찾도록 해도 좋습니다. 단, 주제 문장의 의미를 본인이 설명하여 전체 글의 요지가 어떤 내용이었는지 스스로 말하도록 하는 것은 문해력 향상에 매우 중요합니다.

진행하는 방법은 동일하게 같은 시간, 같은 장소에서 교과서를 끊어 읽습니다. 3~4회 반복해서 읽도록 하고, 어떤 내용인지 물어보면 됩니다. 위처럼 아이가 대답을 어려워할 경우 주제 문장을 찾도록 해줍니다. 주제 문장을 찾는 것도 어려워한다면 중요한 단어는 어떤 단어로 생각하는지 글의 핵심 단어부터 찾도록 해줘도 됩니다.

이와 같은 방법으로 한 페이지 읽고 요약하기가 끝이 나면 같은 방법으로 수업 시간 동안 진행하면됩니다.

■ 수업 변수 : 아이가 핵심 단어, 주제 문장을 아예 찾

지 못할 경우, 혹시 읽은 내용 중에 어려운 단어는 없었는지 확인이 필요합니다. 어휘력이 확보되지 않은 상태에서 글을 제대로 이해하고 내용을 파악하기란 어려우므로 당황하지 말고, 함께 국어사전을 찾아가며 내용을 이해하도록 하고, 이해한 뒤 요약하여 이야기하도록 합니다.

■ 1단계-기본과정 학부모 피드백

학부모의 피드백은 아이들에게 성취감을 주기도 하고, 아이들에게 좌절감을 심어 주기도 합니다. 문해력은 아이들의 창의력과 추론력을 키워서 스스로 자신 있게 글을 읽고 이해하고 응용하여 문제 해결력까지 갖는 데 있습니다. 알고 있는 어휘력 내에서 글을 최대한 이해해야 하므로 학습자에게 할 수 있다는 긍정적인 피드백은 매우 중요합니다.

학습자가 생각이 다르거나 다른 방향의 해석은 창의성

과 유연한 글 읽기가 가능한 가능성을 보여주기 때문에 학습자가 하는 얘기가 동떨어진 이야기를 할 경우, 왜 그런 생각을 하게 되었는지 질문을 해주고, 독창적인 생각에는 긍정적인 피드백을 줍니다.

교과서 내용을 제대로 이해하지 못하는 경우면 '처음 하는 훈련인데, 정말 잘 해내고 있다'고 격려해 주고, 초등 교과서에 등장하는 어휘가 한자어가 많아서 뜻과 개념을 이해하지 못하는 경우가 있으므로 어휘 학습을 추가로 병행하여 문장과 글을 제대로 이해할 수 있도록 어휘 학습도 함께 진행해야합니다.

✠ 1단계 수업은 14일간 같은 시간, 같은 장소, 같은 시간에 진행합니다.

1단계 수업 시간은 진행하는 시간이 길어지면 아이가 흥미를 느끼지 못하고 다음 단계의 수업이 불가하므로 처음 1단계는 학습자가 소화 가능한 시간으로 적용해서 진행해야 합니다.

맥스웰 몰츠 의학박사는 그의 저서 [성공의 법칙]에서 무슨 일이든 21일간 반복하면 습관을 만들 수 있다고 했습니다. 습관이 잡히도록 시간과 장소를 일정하게 하여 진행하도록 합니다.

8 . 1단계 수업 요약정리

수업 14일 과정- 요약정리

1. 준비물 : 교과서

2. 실행방법 : 교과서를 매일 1p~10p (미만) 소리 내어 읽는다. 첫날은 소리 내어 3~4회 읽도록 하고, 2일~7일은 끊어 읽는 구간을 표시하여 3~4회 반복하여 소리 내어 읽습니다.

3. 과제 : 소리 내어 읽은 후 내용을 요약 하여 학습자가 이야기 하도록 합니다.

요약이 어려울 경우, 주제문장을 찾아 읽고, 주제문장의 의미를 이야기하도록 합니다.

4. 학부모 피드백 : 1단계 수업에서 학부모는 최대한 아이의 읽기를 지지하고, 아이의 장점을 칭찬하여 긍정적인 피드백을 해야 합니다. 아이의 어휘력이 부족할 경우, 지적하지 않고 추가로 어휘 학습량을 병행하여 진행하여 주도록 합니다.

9. 2단계 심화과정수업

3주차 7일간 훈련

2단계 훈련은 실전 단계입니다.

학습자가 읽고 싶은 책을 준비하는데, 짧고 재미있는 동화책을 준비하도록 합니다.

2단계 3주차의 책은 매일 짧은 동화책을 준비하여 소리내어 끊어 읽도록 합니다.

2단계 훈련의 목적으로 책을 읽고 내용을 이해하는 것을 넘어 확장적인 사고를 갖는데 있습니다.

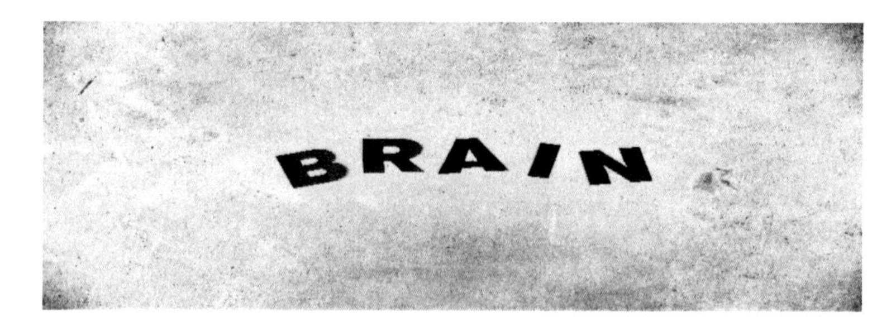

2단계 수업 방법

학습자가 준비한 동화책을 처음부터 끝까지 끊어 읽는 부분을 연필로 표시합니다. 전체 내용을 소리 내어 읽도록 합니다. 1회~2회 읽도록 합니다.

읽은 뒤에 노트를 준비하여 전체 내용을 요약하고, 아래 1번~5번까지 정리합니다.

1.전체내용을 요약.정리합니다.

2. 등장인물의 관계도를 그림으로 그려봅니다.

*작품 속 등장인물을 찾고 주인공과 어떤 관계인지 도식화 또는 그림으로 표현합니다.

3. 책 속에 일어난 사건 중심으로 이야기를 정리합니다.

4. 시간이 흐름 순서대로 이야기를 구성하여 정리합니다.

*작품 속 시간의 순서에 따라 내용을 정리합니다.

5. 공간의 이동 중심으로 이야기를 정리합니다.

*작품 속 장소의 이동에 따라 내용을 정리합니다.

정리한 내용을 발표합니다.

이 수업에서 중요한 점은 1단계에서 내용의 이해를 위해 글을 읽고 진행했다면 2단계 심화 과정은 사고의 확장과 추론과정입니다.

전체 글을 이해하고 전체 글에서 다양한 방식으로 내용을 정리하여 봄으로써 창의적 사고의 확장과 추론적 사고력을 통해 책을 읽어 나갈 수 있게 됩니다.

✠심화과정 수업을 7일간 같은 시간, 같은 장소에서 진행하도록 합니다.

■ 학부모 피드백

2단계 과정에서 학부모 피드백은 숙제검사가 아닙니다.

학습자가 발표하는 5가지 내용을 주의 깊게 들어주고 여러가지 과정중심으로 내용을 새롭게 정리한 부분에 대해서 많은 칭찬과 격려를 해주어야 합니다.

심화과정에서 학습자가 질문을 제대로 이해하지 못하는 경우에는 각 항목별 내용을 자세하게 설명하여 주고, 학습자가 책의 내용을 다시 찾아보면서 정리할 수 있도록 도와줍니다. 첫 날 첫 작품은 보호자와 함께 해도 좋습니다. 단, 2번째 책부터는 학습자 스스로 찾아서 정리하도록 합니다.

이 단계부터 아이의 독서록을 만들 수 있는 단계로 분석적인 사고력으로 이해하여 보다 심화된 내용으로 정리가 가능해집니다.

10. 독서록 견본

책제목		지은이	
출판사		읽은 날	
내용요약 및 느낀점			
등장인물소개			
등장인물관계도			

일어난 사건중심으로 이야기를 구성해요	
시간 중심으로 이야기를 정리해요	
장소의 이동 중심으로 이야기를 정리해요	

11. 2단계수업 요약정리

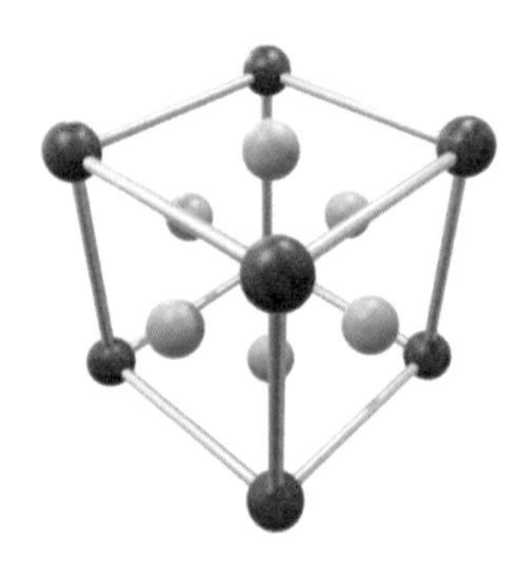

[수업 7일과정- 요약 정리]

1. 준비물 : 동화책 (짧은 내용)

2. 실행방법 : 준비한 동화책을 매일 끊어 읽는 구간을 표시하여 1~2회 반복하여 소리 내어 읽습니다.

3. 과제 : 소리 내어 읽은 후 내용을 독서록에 5가지 과제 중심으로 작성 하고 학습자가 작성한 내용을 이야기하도록 합니다.

4. 학부모 피드백 : 2단계 훈련에서 학부모는 2단계 과제를 수행한 학습자가 성취감을 느낄 수 있고 정리한 내용에 대한 긍정적인 피드백을 줘야 합니다. 최대한 아이가 읽고 정리한 내용에 대해 지지하고, 아이의 장점을 칭찬하여 긍정적인 피드백을 해야 합니다. 아이의 어휘력이 부족할 경우, 지적하지 않고 추가로 어휘 학습량을 병행하여 진행하여 주도록 합니다.

12. 초등과정 21일 수업을 마치며

아이들의 문해력을 위한 21일간의 수업을 마치면서 학습자와 학부모 모두 뿌듯함을 느끼게 될 것입니다.

처음 책을 읽기 힘들어 하던 학생들이나, 책을 읽지만 내용을 잘 이해하지 못하던 학습자 모두 2단계 수업을 거치면 책에 대한 거부감이 줄어들고 소리 내어 읽음으로 하여 자신감도 커질 겁니다.

아이들의 성장과정을 옆에서 지켜보면서 짧은 시간이지만, 아들의 변화를 보면서 '긍정적 피드백'의 힘에 대해 생각하는 시간이 되면 좋겠습니다.

사교육 현장에서 아이들을 지도하다 보면 아이들이 달라지는 모습을 매년 실감합니다.

아이들에게 가장 좋은 동기부여와 힘은 신뢰하고 믿을 수 있는 보호자의 강한 믿음과 지지입니다.

아이들 스스로 책을 읽으면서 성취감을 느끼고 더 앞으로 나갈 수 있는 계기가 21일 문해력 수업으로 다져지기를 기대해봅니다.

학부모님도 3주 수업 기간 동안 피드백에 고생 많으셨습니다.

13. 초등교과서에 실린 도서명단

[1학년 교과서 수록도서]

도서명	저자
초코파이 자전거	신현림
아빠가 아플 때	한라경
내 마음의 동시 1 학년	신현득 외
역사를 바꾼 위대한 알갱이, 씨앗	서경석
붉은 여우 아저씨	송정화
말놀이 동요집 1,2	방시혁
깊은 산 속 옹달샘 누가 와서 먹나요	윤석중
인사할까, 말까?	허은미
구름놀이	한태희
동동아기오리	권태응
글자동물원	이안
아가 입은 앵두	서정숙
강아지 복실이	한미호
책이 꼼지락꼼지락	김성범

까르르 깔깔	이상교
발가락	이보나 흐미에레프스카
나는 책이 좋아요	앤서니브라운
자전거 타고 로켓 타고	카트린 르 블랑
인어공주	로버트 사부다
그림자 극장	송경옥
나무 늘보가 사는 숲에서	아누크 부아로베르
숲 속의 모자	유우정
꼬리 이모 나랑 놀자	김정선
구슬비	이준섭
가을 운동회	임광희
딴 생각하지 말고 귀 기울여 들어요	서보현
콩 한 알과 송아지	한해숙
1 학년 동시 교실	이준관
몰라쟁이 엄마	이태준
몽몽 숲의 박쥐 두 마리	이혜옥
도토리 삼 형제의 안녕하세요	이현주
소금을 만드는 맷돌	홍윤희
솔이의 추석이야기	이억배
나는 자라요	김희경

내가 좋아하는 곡식	이성실, 김시영
별을 삼킨 괴물	민트래빗 플래닝
숲속 재봉사	최향랑
엄마 내가 할래요	장선희, 박정섭

[봄, 여름, 가을, 겨울]

도서명	저자
꽃장수와 이태준 동화나라	이태준
나의 봄 여름 가을 겨울	린리쥔
봄 숲 봄바람 소리	우종용, 레지나
빨간부채 파란부채	이상교
할머니 어디가요? 앵두따러 간다	조혜란
애들아, 학교 가자	강승숙
달라도 친구	허은미
가족은 꼬옥 안아주는거야	박윤경
만희네 집	권윤덕
가을을 파는 마법사	노루궁뎅이
솔이의 추석이야기	이억배
쿠키 한입의 인생 수업	에이미 크루즈 로젠탈
아기너구리네 봄맞이	권정생

[2학년 교과서 수록도서]

도서명	저자
내 별 잘 있나요	이화주
딱지 따먹기	백창우
아니, 방귀 뽕나무	김은영
아빠 얼굴이 더 빨갛다	김시민
우산 쓴 지렁이	오은영
윤동주 시집	윤동주
아주 무서운 날	탕무니우
으악, 도깨비다!	유애로
기분을 말해봐요	디디에 레비
내 꿈은 방울토마토 엄마	허윤
오늘 내 기분은…	메리앤 코카-레플러
우당탕탕 아이쿠	마로스튜디오
께롱께롱 놀이노래	편해문
어린이가 정말 알아야 할 우리 전래 동요	신현득
까만 아기 양	손정원
작은 집 이야기	버지니아 리 버튼
선생님, 바보 의사 선생님	김명길
큰턱 사슴벌레 vs 큰뿔 장수풍뎅이	장영철
감기 걸린 날	김동수
김용택 선생님이 챙겨 주신 1학년 책가방 동화	선안나

나무는 즐거워	이기철,남주연
수박씨	최명란
참 좋은 짝	손동연
훨훨 간다	권정생
바람 부는 날	정순희
의좋은 형제	김경옥
신발 신은 강아지	고상미
아홉살 마음 사전	박성우
크록텔레 가족	파트리시아 베르비
산새알 물새알	박목월
저 풀도 춥겠다	한영우
호주머니 속 알사탕	이송현,전미화
거인의 정원	오스카 와일드
불가사리를 기억해	유영소
종이봉지 공주	로버트 먼치
콩이네 옆집이 수상하다!	전효정
나무들이 재잘거리는 숲 이야기	김남길
언제나 칭찬	류호선
원숭이 오누이	채인선, 배현주
머털도사	(주)꽃다지
신기한 독	홍영우
욕심쟁이 딸기 아저씨	김유경
치과의사 드소토 선생님	윌리엄 스타이그
팥죽 할멈과 호랑이	박윤규

[국어활동]

도서명	저자
동무 동무 씨동무	편해문
우리 동네 이야기	정두리
짝 바꾸는 날	이일숙
42가지 마음의 색깔	크리스티나 누녜스 페레이라
머리가 좋아지는 그림책 : 창의력편	우리누리
내가 조금 불편하면 세상은 초록이 돼요	김소희
내가 도와줄게:다른 사람을 존중하고 배려하는 법	테드오닐
7년 동안의 잠	박완서
교과서 전래동화	조동호
개구리와 두꺼비는 친구	채인선, 배현주
엄마를 잠깐 잃어버렸어요	크리스 호튼
소가 된 게으름뱅이	한은선

밥상에 우리말이 가득하네	이미애
나는 나의 주인	채인선

책 읽기를 싫어하는 학생
책을 읽어도 내용을 잘 모르겠는 학생

중등 문해력 수업

21일만에 문해력이 달라집니다!

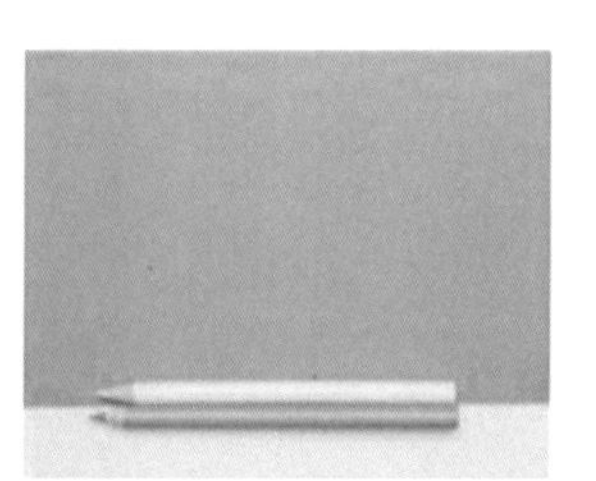

14. 중등 문해력의 이해 및 문해력 수업

중등과정에서 문해력이란 글을 읽고 해석하는 힘입니다. 중등과정의 문해력은 교과학습의 이해와 독서과정을 통해 확장적 사고력으로 문제해결 능력을 갖는데 있습니다. 또한 서술형 평가대비가 가능합니다.

중등과정에서 학생들이 가장 어려워하는 부분이 문제를 이해하지 못해 문제 풀이가 불가능 한 경우입니다. 예를 들어 수학을 잘 하는 학생들의 경우 서술형 문제가 나오면 문제를 이해하지 못해서 답을 서술하지 못하는 경우도 있습니다. 국어와 사회 과학도 마찬가지입니다. 시험에 출제되는 문장을 제대로 이해하지 못해서 정확한 정답을 도출해 내지 못하는 경우가 있습니다. 2021년 수능 출제 문제에서 수험생이 몰라서 틀린 것이 아닌 문제 자체를 이해하지 못해 난이도가 높지 않았던 문제도 어려움을 겪었다고 합니다.

중등과정에서 문해력은 모든 학습의 기본이 되는 가장 중요한 부분입니다. 책을 읽고 내용을 이해하는 것에서 그치는 것이 아니라, 책을 읽고 주요 내용을 단락별로 찾아보고, 단락별로 핵심단어와 주제문장도 찾아보고, 교과서 빈칸 채우기 등 난이도 높은 훈련이 필요합니다.

중등과정에서 문해력을 단기간에 향상시킬 수 있는 프로그램이 절실하며 이러한 부분을 도와줄 수 있는 프로그램이 한국학습습관연구소에서 개발한 문해력 21일 향상시키는 문해력 수업입니다.

이 문해력 수업을 통해 아이들이 최단기 문해력을 높이고 아이의 문해력 향상과 확장적 사고력 및 응용력에 도움이 되고자 합니다.

15. 학습자의 문해력 진단

문해력을 진단하기 위해서는 글을 제대로 읽고 이해하는지 확인이 필요합니다. 문해력은 진단은 학습자의 나이와 연령대가 이해할 수 있는 어휘력을 기준으로 글을 제시하고 그 본문에 대한 이해력을 묻는 국어과목 출제 문제로 이해하면 좋습니다.

학습전문기관을 통해 진단을 해보는 것도 좋고, 가정에서 직접 문해력을 테스트하고자 하면 학습자가 공부하는 학년의 국어 모의고사 본문이 들어있는 문제를 집중해서 풀도록 하고 출제된 문제는 본문에서 답을 찾거나, 유추해서 답을 찾는 유형의 문제가 좋습니다.

문제를 풀면서 전혀 감을 못 잡거나, 문제를 제대로 이해하지 못한다면, 학습자의 빠른 문해력 향상을 위해 본 문해력 수업을 21일간 실천해보기를 권유합니다. 점수가 상위권인 경우에도 창의력과 추론력을 향상시키는 본 문해력 수업을 진행할 때 난이도가 높은 도서를 선정하기를 권유합니다.

16. 문해력 발달의 저해요소

진행하기 앞서 아이들의 문해력 발달에 저해 요소가 있습니다. 학습자의 문해력을 저해하는 요소는 학습자의 부족한 어휘력과 추론적 사고가 발달하지 않은 경우에 읽고 해석하는 힘이 부족할 수 있습니다. 또한 중등과정에서는 어느 정도의 한자어를 바탕으로 어휘력이 필요합니다. 기본적인 한자어를 놓칠 경우 문장의 이해가 어려울 수 있습니다. 또한 추론적 사고로 문제를 풀 수 있는 사고력의 확장이 부족한 경우도 글을 읽고 해석하여 문제를 푸는 해결력에서 제대로 응용이 어려울 수 있습니다.

다른 원인이 있는 경우도 있습니다. 학습자가 학교에서 제대로 발표를 못하거나, 글을 자신있게 쓰지 못하는 경우, 학부모 상담을 해보면 가정에서 학습자가 다양한 이유로 심리적으로 위축된 경우 자신의 생각을 제대로 표현하지 못하고 본인이 생각하는 바가 있어도 제대로 말로 표현하지 못하고 자신감의 결여로 아는 내용도 실수로 틀리는 경우도 있습니다.

문해력은 자신이 어휘력과 이해력을 믿고 문장을 정확

하게 해독해 내야 하는데, 자신이 갖고 있는 어휘력이나, 문장력에 평소 긍정적인 피드백 받지 못한 경우, 이미 갖고 있는 실력도 발휘할 수 없게 됩니다.

문해력 수업을 진행함에 있어 부모님들의 적극적인 지지는 반드시 동반되어야 합니다. '학습자의 성장을 위해서는 실수를 통해 배워 나가고 또한 실수를 통해 인생을 배워 나간다는 깨달음을 학습자에게 느끼게 해주는 것이야말로 아이의 더 큰 성장을 가져올 수 있다.'는 믿음으로 과정에 충실한 수업이 좋은 결과를 갖고 옵니다.

아이들이 처음 수업을 할 때 서툴거나, 제대로 못하는 경우가 있을 수 있지만, 보호자는 기다려주는 자세가 필요합니다. 아이가 준비될 때까지 천천히 기다려주고, 아이들의 실수에 집중하지 말고 아이들이 잘하는 부분과 가능성이 느껴지는 부분에 칭찬과 격려를 아끼지 않고 긍정적인 피드백으로 아이의 성장을 지지해 주기를 바랍니다.

17. 21일 문해력 수업 프로그램 개요

문해력 21일간의 수업을 시작합니다.

전체적인 프로그램은 주단위로 3주간 진행될 예정이고,

매일 같은 시간, 같은 장소에서 진행하면 학습자의 습관도 만들 수 있어서 좋습니다.

✠ 1주 차 준비물 – 교과서

✠ 2주 차 준비물 – 현대문학 단편소설

✠ 3주 차 준비물 – 읽을 책(현대문학 단편소설), 독서록

진행 시간은 학습자의 성향에 따라 최소 시간에서 최대 시간을 고려하여 시간을 배정하여 진행하면 됩니다.

✠ 1주 20분 ~ 최대 40분

✠ 2주 30분 ~ 최대50분

✠ 3주 40분 ~ 최대70분

18. 1단계-기초과정수업

1주 차 코칭 1일차 - 1단계 [읽기 훈련]

이 훈련은 문해력 향상시키는데, 매우 중요한 기초 훈련입니다. 어떤 스포츠든 기초체력이 확보되어야 가능합니다. 농구선수가 농구를 잘 하기 위해 매일 공을 넣는 연습을 한다고 가정하면, 농구 경기를 위해서는 농구장을 마구 뛰어다니면서 몸싸움을 하며 경기를 해야 하는데, 기초 체력없이 기술력만 갖고 경기 참여는 불가능한 일입니다.

문해력 향상을 위한 코칭 훈련을 위해서 책상 앞에 앉아 있는 훈련은 사전에 달성 되어 있어야 합니다. 책상앞에 30분~40분 정도 앉아 있는 기초체력은 필요합니다.

만약 학습자가 책상앞에 위 시간을 앉아 있기를 힘들어 하는 경우면 문해력 코칭전에 책상 앞에 앉아 공부할 수 있는 습관을 먼저 만들어 최소의 기초체력은 확보해두면 좋습니다.

읽기 훈련은 문해력 훈련의 가장 기초 과정입니다. 정확하게 문장을 읽을 수 있어야 내용도 정확하게 이해할 수 있습니다.

■ 과제1. 교과서 1 페이지 읽기

과제1을 수행할 때는 학습자가 좋아하는 과목의 교과서야 한다. 학부모가 공부시키고자 하는 교과를 준비하면 안 됩니다.

과제1의 수행 방법은 책상 앞에 앉아서 교과서를 소리내어 읽도록 합니다. 속으로 눈으로 읽어 나가면 안 됩니다. 눈으로 읽을 경우 속도도 빠르고 집중이 되는 것처럼 보이지만, 실제 정확한 내용을 이해하지 못합니다. 시각적인 자극으로 뇌에는 빠른 반응으로 죽 훑어보는 것입니다. 그래서 눈으로 읽을 경우, 몇차례 반복해서 줄을 그어가며 읽어야 내용을 정확하게 알 수 있게 됩니다.

문해력 수업을 위해서 텍스트로 훈련할 때는 교과서를 소리내어 읽는 것이 효과적입니다. 1단계 훈련은 다른 지시사항 없이 편하게 교과서를 소리 내어 2번에서 3번 정도 같은 내용을 반복하여 읽도록 합니다.

원하는 페지를 잘 읽었을 경우, 다음 페이지 로 이동하여 소리 내어 읽기를 수업 시간만큼 진행합니다.

■ 1단계 - 학부모 피드백

1단계 교과서를 읽은 후 학부님들은 무척 놀랄 수 있습니다. '우리 아이 목소리가 왜 저렇게 작을까?', '왜 문장을 제대로 읽지 못하고, 발음도 정확하게 발음하지 못하는 것일까?' 등 생각이 떠오를 수 있습니다.

피드백은 "우리 OO 이 생각보다 교과서를 참 잘 읽네. 와…엄마가 들어 보니까 목소리도 참(우렁차서, 차분해서, 천천히 정확하게 발음해서 등등 아이의 읽기에서 보여준

구체적인 내용이 있어야 함) 좋네…" 등으로 아이가 이 훈련을 계속 성취감을 느끼면서 참여할 수 있도록 긍정적인 피드백을 줘야 합니다!

1단계는 수업은 학습자에게 잘 하고 있는 부분에 초점을 맞추고 긍정적인 피드백을 하여 학습자가 마음을 열고 수업에 3주간 참여할 수 있도록 해야 합니다.

※1주 차 목표는 학습자의 가능성을 칭찬해주고 아이를 격려해주는 것이 목표입니다.

19. 1단계-기초과정수업

1단계-기초과정 [2일차~7일차] - 교과서 끊어 읽기

2일차부터 7일차까지 진행해야 하는 프로그램입니다. 교과서를 끊어 읽는 단계입니다. 학습자가 문장을 이해하기 위해서는 문장을 제대로 끊어 일을 수 있어야 합니다.

끊어 읽는 방법은 주어에서 한번 끊고, 쉼표가 있거나 의미상 끊어야 하는 부분에서 끊어 읽으면 됩니다. 스피치 학원에서 아나운서처럼 끊어 읽으려면 정확한 발음 연습과 함께 내용을 이해하고, 주어와 서술어를 찾고 장음과 단음을 찾아 끊어 읽겠지만, 문해력 수업에서 끊어 읽기는 주어와 쉼표, 의미상 끊어야 하는 부분에서 끊어 읽어야 의미 파악을 쉽게 할 수 있습니다.

교과서를 준비합니다. 책에 연필로 끊어 읽는 구간을 표시합니다.

끊어 읽기 구간이 표시된 페이지를 3번에서 4번 반복하여 읽습니다.

*끊어 읽기 구간 표시하는 방법

예시문장 : 우리 가족은/ 할아버지 할머니와 함께/ 제주도로 여행을 갔습니다.

■ 학부모 피드백

학습자의 읽는 소리를 들으면 처음보다 잘 읽는 모습에 대견해 보일 것입니다. 처음보다 훨씬 잘 읽을 것입니다. 이 수업에서는 처음보타 나아진 부분을 칭찬해 줍니다.

"처음보다 소리에 자신감이 느껴져서 정말 좋다." "우리 OO이 끊어 읽으니까, 아나운서 같네…" 등으로 아이의 기를 살려주고, 읽기에 집중하도록 해주는 것이 포인트다.

이렇게 교과서를 3~4번 반복하여 끊어 읽습니다. 정해진 수업시간 동안 교과서의 다른 페이지도 동일한 방법으로 반복하여 읽도록 하고, 긍정적인 피드백으로 마무리 하여 6일간 같은 시간, 같은 장소에서 진행하도록 합니다.

교과서는 학습자가 좋아하는 과목으로 진행하는 것이 좋습니다.

20. 1단계 - 기본과정수업 I (3일)

2주차 훈련 - 현대문학 단편소설을 읽고 읽은 내용 요약하기

✠ 2주차 훈련은 소리 내어 읽고 읽은 페이지의 내용을 요약하여 말하는 것이 목표입니다.

2주 차 첫 날에는 내용을 요약하기 어려워할 수 있으니, 읽은 내용의 주제문장을 찾도록 해도 좋습니다.

기본과정수업Ⅰ 시작하기

이제 아이의 문해력을 1차로 확인해보는 단계입니다. 아이에게 읽은 내용이 어떤 내용인지 질문하고 요약하도록 합니다.

아이가 내용에 대한 줄줄 이야기 하면 좋겠지만, 처음부터 내용을 정확하게 이야기 하는 경우는 거의 없습니다.

수업의 핵심은 학습자가 내용을 요약하는데, 있습니다. 내용 요약은 생각처럼 쉽지 않습니다. 학습자가 내용을 정확하게 이야기하지 않더라도 주제문을 찾는 것은 내용을 파악하는데 큰 도움이 되므로 주제문장을 찾도록 해도 좋습니다. 단, 주제 문장의 의미를 본인이 설명하여 전체 글의 요지가 어떤 내용이었는지 스스로 말하도록 하는 것은 문해력 향상에 매우 중요합니다.

수업을 진행하는 방법은 진행하던 수업시간, 같은 장소에서 단편소설을 읽도록 하고, 어떤 내용인지 물어보면 됩니다. 학습자가 대답을 어려워할 경우 주제문장을 찾도록 해줍니다. 주제 문장을 찾는 것도 어려워한다면 중요한 단어는 어떤 단어로 생각하는지 글의 핵심 단어부터 찾도록 해줘도 됩니다.

이와 같은 방법으로 훈련시간동안 진행합니다.

■ 훈련 변수 : 아이가 핵심단어, 주제문장을 아예 찾지 못할 경우, 혹시 읽은 내용 중에 어려운 단어는 없었는지 확인이 필요합니다. 어휘력이 확보되지 않은 상태에서 글을 제대로 이해하고 내용을 파악하기란 어려우므로 당황하지 말고, 함께 국어 사전을 찾아가며 내용을 이해하도록 하고, 이해한 뒤 요약하여 이야기하도록 하면 좋습니다.

■ 1단계-기본과정수업 학부모 피드백

학부모의 피드백은 아이들에게 성취감을 주기도 하고, 아이들에게 좌절감을 심어 주기도 합니다. 문해력은 아이들의 창의력과 추론력을 키워서 스스로 자신 있게 글을 읽고 이해하고 응용하여 문제 해결력까지 갖는데 있습니다. 학습자가 알고있는 어휘력 내에서 글을 최대한 이해해야 하므로 학습자에게 할 수 있다는 긍정적인 피드백은 매우 중요합니다.

학습자가 생각이 다르거나 다른 방향의 해석은 창의성과 유연한 글 읽기가 가능한 가능성을 보여주기 때문에 학습자가 하는 얘기가 동떨어진 이야기를 할 경우, 왜 그런 생각을 하게 되었는지 질문을 해주고, 독창적인 생각에는 긍정적인 피드백을 줍니다. 그리고 교과서 내용을 제대로 이해하지 못하는 경우면 '처음 하는 훈련인데, 정말 잘 해내고 있다'고 격려해주고, 단편소설에 등장하는 어휘가 한자어가 많아서 뜻과 개념을 이해하지 못하는 경우가 있으므로 어휘학습을 추가로 병행하여 문장과 글을 제대로 이해할 수 있도록 어휘 학습도 함께 진행합니다.

21. 1단계 - 기본과정수업Ⅱ (4일)

1단계 기본과정수업Ⅱ 단계에서는 단편소설 작품 또는 교과서의 내용을 노트에 필사합니다. 그리고 해당 작품에서 퀴즈를 3개~5개 스스로 문제와 정답지를 만들어 봅니다.

문제 예시

[단편소설을 읽은 뒤]

단락을 나누고 단락의 순서를 바꾼 뒤 1단락은 (ㄱ)으로 마지막 단락은 (ㅂ) 차례대로 나눕니다.

퀴즈 문제 : 글을 보고 순서대로 나타내시오.

본문에서 핵심문장을 빈칸으로 두고, 아래 빈칸에 해당하는 단어를 쓰시오.

글을 필사하고 문제 출제가 어려울 경우, 빈간 채우기로

3개~5개 문제를 만들어 진행해도 됩니다.

단, 글을 다 필사하고 난 뒤 진행해야 효과적입니다.

처음에는 조금 어려울 수 있지만, 문제를 만드는 재미가 붙으면 자기주도학습에도 도움이 되어 학습성취도 역시 높아집니다.

■ 훈련 변수 : 학습자가 필사는 그대로 책의 내용을 옮겨 적는 부분으로 어렵지 않게 진행이 가능하지만, 문제를 출제하는 부분에서 어려워 할 수 있습니다. 글의 주제 문장을 찾아서 주제문에 빈칸을 채우도록 해도 좋습니다. 단 스스로 문제를 만들고 스스로 정답지를 만들 수 있도록 하는 것이 중요합니다.

■ 1단계-기본과정수업Ⅱ 학부모 피드백

책의 내용을 필사 하는 것은 제대로 정독하는 힘을 갖습니다. 학습자가 필사한 것에 대해 많은 격려와 칭찬을 통한 긍정적인 피드백을 주시기 바랍니다.

글씨를 제대로 쓰지 않는 경우에는 천천히 쓸 수 있도록 지도해주시고, 전체 글을 옮겨 적기 부담스러워하는 경우는 끊어 읽기 표시를 한 뒤, 필사하도록 하면 쉽게 필사가 가능합니다.

학습자가 직접 출제한 문제와 정답을 보시고 스스로 선생님이 되어서 진행한 부분에 대해서 성취감을 느낄 수 있도록 충분한 격려의 피드백을 주시고, 정답과 문제가 모호할 경우 질문하여 학습자의 의도를 파악하여 주시기를 바랍니다.

기본과정수업Ⅱ은 난이도가 있는 수업이기 때문에 학습자에게 강한 성취감을 느끼도록 긍정적인 피드백을 주시기를 바랍니다.

1단계 수업은 14일간 같은 시간, 같은 장소, 같은 시간에 진행합니다.

1단계 수업 시간은 진행하는 시간이 길어지면 학습자가 흥미를 느끼지 못하고 다음 단계의 수업이 불가하므로 처음 1단계는 학습자가 소화 가능한 시간으로 적용해서 진행해야 합니다.

맥스웰 몰츠 의학박사는 그의 저서 [성공의 법칙]에서 무슨 일이든 21일간 반복하면 습관을 만들 수 있다고 했습니다. 습관이 잡히도록 시간과 장소를 일정하게 하여 수업하도록 합니다.

22. 1단계수업 요약정리

14일 수업과정- 요약 정리

1. 준비물 : 교과서(1주차) 단편소설(2주차)

2. 실행방법 : 교과서를 매일 1p~10p (미만) 소리 내어 읽는다. 첫날은 소리 내어 3~4회 읽도록 하고, 2일~7일은 끊어 읽는 구간을 표시하여 3~4회 반복하여 소리 내어 읽습니다.

3. 과제 : 소리 내어 읽은 후 내용을 요약 하여 학습자가 이야기 하도록 합니다.

요약이 어려울 경우, 주제문장을 찾아 읽고, 주제문장의 의미를 이야기하도록 합니다.

읽은 책의 내용을 필사 후 직접 문제와 정답지를 만들어

봅니다.

4. 학부모 피드백 : 1단계 수업에서 학부모는 최대한 아이의 읽기를 지지하고, 아이의 장점을 칭찬하여 긍정적인 피드백을 해야 합니다. 아이의 어휘력이 부족할 경우, 지적하지 않고 추가로 어휘 학습량을 병행하여 진행하여 주도록 합니다.

기본과정 전체 수업을 어려워 할 경우에는 기본과정수업Ⅰ로 2주차를 진행해도 무방합니다.

23. 2단계 심화과정수업

3주차 7일간 수업

2단계 수업은 실전 단계입니다.

학습자가 읽을 현대문학 단편소설을 준비합니다.

2단계 훈련의 목적으로 책을 읽고 내용을 이해하는 것을 넘어 확장적인 사고를 갖는데 있습니다.

2단계 심화과정수업 방법

1. 학습자가 준비한 단편소설을 처음부터 끝까지 끊어 읽는 부분을 연필로 표시합니다. 전체 내용을 정독합니다.

읽은 뒤에 노트를 준비하여 전체 내용을 요약하고, 아래 1번~5번까지 정리합니다.

1.전체내용을 요약. 정리합니다.

2. 등장인물의 관계도를 그림으로 그려봅니다.

*작품 속 등장인물을 찾고 주인공과 어떤 관계인지 도식화 또는 그림으로 표현합니다.

3. 책 속에 일어난 사건 중심으로 이야기를 정리합니다.

4. 시간이 흐름 순서대로 이야기를 구성하여 정리합니다.

*작품 속 시간의 순서에 따라 내용을 정리합니다.

5. 공간의 이동 중심으로 이야기를 정리합니다.

*작품 속 장소의 이동에 따라 내용을 정리합니다.

위의 정리한 5가지를 발표합니다.

✠ 수업에서 중요한 점은 1단계에서 내용의 이해를 위해 글을 읽는 것에 집중했다면, 2단계 심화 과정 수업은 사고의 확장과 추론해 나가는 과정입니다.

전체 글을 이해하고 전체 글에서 다양한 방식으로 내용을 정리함으로써 창의적 사고의 확장과 추론적 사고력을 통해 책을 읽어 나갈 수 있게 됩니다.

수업을 7일간 같은 시간, 같은 장소에서 진행하도록 합니다.

■ 학부모 피드백

2단계 수업에서 학부모 피드백은 숙제검사가 아닙니다. 학습자가 발표하는 5가지 내용을 주의 깊게 들어주고 여러가지 중심으로 내용을 새롭게 정리한 부분에 대해서 많은 칭찬과 격려를 해주어야 합니다.

심화수업과정에서 학습자가 질문을 제대로 이해하지 못하는 경우에는 각 항목별 내용을 자세하게 설명하여 주고, 아이가 책의 내용을 다시 찾아보면서 정리할 수 있도록 도와주도록 합니다. 첫 날 첫 작품은 보호자와 함께 해도 좋습니다. 단, 2번째 책부터는 학습자 스스로 찾아서 정리하도록 해야 합니다.

심화수업 단계부터 학습자의 독서록을 만들 수 있는 단계로 분석적인 사고력으로 글을 이해하여 보다 심화된 내용으로 정리가 가능해집니다.

24. 독서록 견본

책 제목		지은 이	
출판사		읽은 날	
내용요 약 및 느낀 점			
등장인물소개			
등장인물관계도			

일어난 사건 중심으로 이야기를 구성해요	
시간 중심으로 이야기를 정리해요	
장소의 이동 중심으로 이야기를 정리해요	

25. 2단계 심화과정수업 요약정리

[7일 과정- 요약 정리]

1. 준비물 : 단편소설

2. 실행방법 : 단편소설을 정독하고 아래 과제를 진행합니다.

3. 과제 : 소리 내어 읽은 후 내용을 독서록에 5가지 과제 중심으로 작성 하고 학습자가 작성한 내용을 이야기하도록 합니다.

4. 학부모 피드백 : 2단계 수업에서 학부모는 2단계 과제를 수행한 학습자가 성취감을 느낄 수 있고 정리한 내용에 대한 긍정적인 피드백을 주도록 합니다. 최대한 아이가 읽고 정리한 내용에 대해 지지하고, 아이의 장점을 칭

찬하여 긍정적인 피드백을 해야 합니다. 아이의 어휘력이 부족할 경우, 지적하지 않고 추가로 어휘 학습량을 병행하여 진행합니다.

2단계 심화 과정을 통해 책을 다양하게 해석할 수 있는 학습자의 변화에 많은 격려와 칭찬을 바랍니다.

이러한 책 읽기 수업은 문해력 향상과 수능문제 풀이 대비에도 가능한 읽기 과정입니다. 2단계수업까지 도전하여 성공한 부분에 대한 성취감을 느낄 수 있도록 지지해주시고, 21일간의 수업은 끝났지만, 습관으로 자리잡도록 같은 시간, 같은 장소에서 꾸준히 진행하여 더 큰 성취감을 느낄 수 있도록 목표 의식을 심어주면 더욱 성공적으로 학습을 이끌어 갈 수 있습니다.

26. 중등과정 21일 수업을 마치며

아이들의 문해력을 위한 21일간의 수업을 마치면서 학습자와 학부모 모두 뿌듯함을 느끼게 될 것입니다.

처음 책을 읽기 힘들어 하던 학생들이나, 책을 읽지만 내용을 잘 이해하지 못하던 학습자 모두 2단계 과정을 거치면 책에 대한 거부감이 줄어들고 소리 내어 읽음으로 하여 자신감도 커질 겁니다.

아이들의 성장과정을 옆에서 지켜보면서 짧은 시간이지만, 아들의 변화를 보면서 '긍정적 피드백'의 힘에 대해 생각하는 시간이 되면 좋겠습니다.

사교육 현장에서 아이들을 지도하다 보면 아이들이 달라지는 모습을 매년 실감합니다.

아이들에게 가장 좋은 동기부여와 힘은 신뢰하고 믿을 수 있는 보호자의 강한 믿음과 지지입니다.

아이들 스스로 책을 읽으면서 성취감을 느끼고 더 앞으로 나갈 수 있는 계기가 21일 훈련으로 다져 지기를 기대해봅니다.

학부모님도 21일 훈련 기간 동안 피드백에 고생 많으셨습니다.

앞으로 더욱 아이들과 학부모님께 도움이 되는 학습서로 찾아 뵙겠습니다.

감사합니다.

27. 중등교과서에 실린 도서명단

[중학- 교과서에 수록작품 시]

책 제목	저자
청산별곡	작가미상
엄마야 누나야	김소월
의지	조병화
해	박두진
오우가	윤선도
새로운 길	윤동주
새봄	김지하
성장	이시영
엄마 걱정	기형도
담쟁이	도종환
돌담에 속삭이는 햇살	김영랑
반딧불	윤동주
봄은 고향이로다	이장희
비	황인숙

봉선화	김상옥
오라, 이 강변으로	홍윤숙
우리가 눈발이라도	안도현
풀잎	박성룡
연분홍	김억
말의 힘	황인숙
나무노래	작가미상

*중등 교과서는 검정교과서로 출판사별로 다를 수 있습니다.

[중학- 교과서에 수록작품 수필]

책 제목	저자
우리 동네 예술가 두 사람	양귀자
설화 속의 호랑이	최윤식
천년을 가는 한지의 비밀	김형자
힘들다, 힘들어	공선옥
별명을 찾아서	정챕봉
방망이 깎던 노인	윤도영
먹어서 죽는다	법정
냉장고의 두 얼굴	박정훈
꼴찌에게 보내는 갈채	박완서
고릴라는 핸드폰을 미워해	박경화
괜찮아	장영희
막내의 야구 방망이	정진권
몸짓은 같아도 의미는 다르다	최협

*중등 교과서는 검정교과서로 출판사별로 다를 수 있습니다.

[중학- 교과서에 수록작품 소설]

책 제목	저자
홍길동전	허균
토끼전	작가미상
학	황순원
항아리	정호승
책상은 책상이다	피터 빅셀
원미동 사람들	양귀자
어린왕자	생텍쥐베리
아들과 함께 걷는 길	이순원
소나기	황순원
동백꽃	김유정
나비	헤르만 헤세
보리 방구 조수택	유은설
수난이대	하근찬
심청전	작가미상
동명왕 신화	작가미상

*중등 교과서는 검정교과서로 출판사별로 다를 수 있습니다.

중등과정 교과서에 실린 작품들입니다. 각 학교별로 출판사가 다른 검정 교과서를 보기 때문에 작품이 다를 수 있으니, 확인 후 참고해서 활용하기를 바랍니다.

문해력을 높이기 위해서는 아이의 해당 학교 교과서에 실린 작품을 정독하여 여러 번 반복 해서 읽고, 내용을 2차 심화수업때 진행한 것처럼 정리하여 독서록을 만들면 문해력 향상과 내신대비가 가능합니다.

소설의 경우 시간의 흐름별 재구성, 공간(장소)의 이동에 따른 재구성, 인물의 감정 변화에 따른 재구성하여 그래프화 시켜서 정리하는 것이 좋습니다. 이러한 활동은 추론력적 사고를 바탕으로 창의적 사고력을 확장 시켜 줍니다.

28. 중등과정에서 문해력을 향상 및 수능대비 비법 대공개

1. 중등과정에서 필요한 한자어를 숙지한다.

2. 중등과정에서 독해력은 매우 중요하다. 내용을 읽고 정리하는 힘이 필요하다.

3. 내용을 읽고 정리는 단계별로 진행한다.

   (1) 전체 내용을 요약하여 정리한다.

   (2) 문단을 나누고 핵심단어에 표시하고, 단원

주제문을 작성한다.

4. 교과서의 어려운 내용은 전체 내용을 노트에 필사한다.

5. 문학과 비문학을 균형 있게 읽는다.

6. 비문학은 국어외 과학, 수학 등 다양한 학문의 내용들이 창의.융합적으로 출제되므로 평소 사회교과서, 과학교과서도 반드시 정독 하도록 한다.

7. 뉴스를 보고 내용을 정리한다.

8. 과목별 본인이 서술형 문제를 직접 출제하여 풀어보고, 해답지도 스스로 만든다.

9. 모의고사 국어 문제는 별도로 모아두고 5회 이상 풀어본다.

*모의고사 문제는 출제자의 의도를 생각하며 문제를 풀도록 하고, 천천히 지문을 읽어서는 안 된다. 실제 시험시간내 풀 수 있도록 문제중심의 지문의 핵심문장과 내용요약을 해가면서 읽어 나가는 연습이 중요하다!!

10. 매일 공부일기를 쓴다.

Idea
To do
Doing
Done

Time
to think about
SUCCESS

문해력 수업

발 행 | 2022년 1월 4일

저 자 | 정유진

펴낸이 | 한건희

펴낸곳 | 주식회사 부크크

출판사등록 | 2014.07.15(제2014-16호)

주 소 | 서울특별시 금천구 가산디지털1로 119 SK트윈타워 A동 305호

전 화 | 1670-8316

이메일 | info@bookk.co.kr

ISBN | 979-11-372-6909-5

www.bookk.co.kr